livro de falas
book of voices

edimilson de almeida pereira

livro de falas
book of voices

FUNALFA

MAZA edições

O AFIADOR DE PALAVRAS

Tudo teve que ser feito desde o começo porque antes só existia Olorum. Ele fez os orixás e os mandou fazer e governar o mundo, só para sua distração. Primeiro fez os orixás e depois os orixás fizeram o resto. O orixá fez o mundo do jeito dos orixás. E assim ele é. O homem e a mulher foram feitos depois, feitos do jeito dos orixás. E assim eles são.

Quem conta são os mitos que falam dos orixás e falam de todo o resto. Eles mostram que orixá é natureza, é o vento, a trovoada, o raio. É o movimento, o mar lambendo a praia. É o rio que desliza calmamente e que, na corredeira, se apressa e se espaventa para, livre, se precipitar na cachoeira. Orixá é a tormenta e orixá é a placidez do céu depois da tempestade, o arco-íris anunciando uma panela de ouro esperando por nós depois do horizonte. É a seiva que corre dentro das plantas, incansável como o sangue em nossa artérias, na sua corrida desabalada pelo pulsar da vida, o coração laborioso batendo sem parar. É a calmaria, as águas paradas, o pântano, a lama. É a terra-mãe, úmida e generosa. De repente, é o deserto. É a chuva que lava o suor do rosto e fertiliza o solo que nos dá o sustento.

Orixá é o fremir da caça que alimenta o caçador e a força do braço que distende o arco para o arremesso da flecha. Ah, o cheiro reconfortante da comida!

Orixá é a transformação que o trabalho do homem e da mulher produz, e só o trabalho – eis aí o que é ser humano, ser quase divino. Tanto o ser humano sabe e tanto ele faz que chega a pensar que é orixá e se perde nessa fantasia.

Orixá é o gozo que o sexo dá e o crescer da barriga anunciando nova criatura. É o choro da criança que o útero expele, é a contração sofrida da mãe, a dor maior. Alegria e tristeza, o choro, o riso. É o leite nutridor sugado nos seios, é o gesto de ensinar, o peso da sentença, o prêmio do mérito. Cada segredo oculto, cada mistério desvendado, isso é o orixá. É a contaminação e a peste, o remédio e a salvação. Também é a guerra, e o que não se pode compreender nem dominar. No final, é a doença que prepara para o descanso na morte e aponta para um recomeço. É o que ainda não existe e a gente faz.

Múltiplo é o orixá. Tantos são eles, ainda que deles só conhecemos uns poucos. Neles os homens reconhecem deuses. Interessados em seus favores, e tementes, os humanos alimentam os orixás, dançam para eles, contam suas histórias. Querem entender o que eles são, o que é a vida, o mundo, o ser humano, enfim. Deles contam os mitos ancestrais que escravos africanos trouxeram para este lado do oceano. Os mitos dos orixás contam da origem do mundo, dos mistérios da natureza e da sociedade, dos segredos da vida.

Mitos servem para explicar. Falam por símbolos e enigmas, por imagens e parábolas, revelando e escondendo. Como espelhos mágicos, os mitos refletem a face dos orixás e podem mostrar a nossa própria cara. Mas para isso é preciso ter uma religião, ou uma magia muito forte, ou uma arte, como aquela do poeta. Porque os mitos são palavras que se juntam em falas, que os antigos negros iorubás passavam de geração a geração pela palavra falada. Não conheciam a escrita, seus livros, sabidos de cor, eram livros de falas. Assim, por transmissão oral, nós brasileiros herdamos os mitos dos orixás de antigos africanos e os guardamos para nós, desejosos de entender e dominar seus segredos, os mistérios guardados em suas palavras. Mas palavras, por mais que sejam ditas e reditas, enganam. Porque a palavra muitas vezes trai a memória e se esconde nos vãos do esquecimento. E porque a palavra pode ser vista de fora e pode ser vista de dentro. Quem sabe lá dentro, lá no fundo, não há mais coisas para serem entendidas? Outros sentidos, sentimentos? O mito é a palavra rasa, a superfície da fala. É lâmina bruta. Para cortar, para exibir a vida pulsando, o sangue correndo nas veias, precisa ser afiada.

Então vem o afiador de palavras e revela o mito em versos refeitos, que raspam a palavra antiga para ver o que há sob a casca, para mostrar o que está escondido. O poeta sabe fazer isso, é a sua profissão, é o afiador de palavras. No afiar das falas embotadas do mito, ele tira a brilhante lâmina do rosto humano do orixá que ainda corta o tempo. Aí ele começa a falar do mundo, de tudo, do resto. Ela fala de si e de nós. Na fala refeita, como está previsto no mito, o novo se enxerga no velho, e o velho já não é o mesmo. O afiador de palavras aprende que tudo é como era antes e, ao mesmo tempo, que tudo é diferente. Porque tudo se repete e nunca é igual ao que já foi. Então ele descobre, repete, inventa e reinventa. O mito continua vivo. Os sentidos e sentimentos afloram.

O afiador de palavras é poeta e sabe manejar o sentido das palavras, não se deixa enganar, sente o que está escondido, destapa, mostra e desvenda o mistério. Faz sua poesia e reinventa todas as histórias que ouviu contar. O afiador de palavras cria novos mistérios. Olha na cara do orixá e se deixa enxergar nela. Aí ele junta tudo e nos dá, solidário, a sua descoberta. Cada palavra que ele afinou para descobrir o que tinha dentro. Depois, lemos o que está juntado e quase nem nos damos conta da presença do orixá, mas vemos o afiador de palavras, nos vemos a nós mesmos, e o mundo e o resto. Nossa cara está lá com certeza, é só nos deixarmos ver. Está lá no *Livro de falas*, de Edimilson de Almeida Pereira, o poeta, o afiador de palavras.

Reginaldo Prandi
São Paulo, maio de 2007

THE WORD SHARPENER

Everything had to be made from the beginning because back then only Olorun existed. He made the orishas and ordered them to make and rule the world just for his entertainment. First he made the orishas and then the orishas did the rest. The orishas made the world according to their style. And so it is. Men and women were made later, according to the style of the orishas. And so they are.

It is the myth that tells us about this, about the orishas and everything else. It show us that orisha is nature, wind, thunderstorm, lightening. It is movement, the ocean licking the sand. It is the river which glides calmly and which in rapids makes haste and gets startled so as to freely hurl itself into a waterfall. Orisha is the tempest and orisha is the tranquility of the sky after a storm, the rainbow announcing a golden pot which awaits us across the horizon. It is the sap which runs inside the plants, tirelessly, like blood in our arteries in its headlong run for the throbbing of life, the diligent heart beating ceaselessly. It is stillness, steady waters, swamp, mud. It is mother-earth, damp, generous. Suddenly, it is the desert. It is the rain that washes the sweat from faces and fertilizes the ground which feeds us.

Orisha is the moan of the game which feeds the hunter and the strength of the arm which stretches out the arch to shoot an arrow. Ah, the comforting smell of food! Orisha is the transformation which comes from the labor of men and women, only from labor - behold what it means to be human, an almost divine being. Human beings know this so well and work so much that they end up thinking of themselves as orishas, losing themselves in this fantasy.

Orisha is the pleasure which sex gives and the growing of the womb announcing a new creature. It is the cry of the child which the uterus expels, the contraction suffered by the mother, the greatest pain. Joy and sorrow, crying, laughing. It is the nourishing milk sucked from the breasts, the disposition to teach, the weight of the sentence, the merit reward. Each hidden secret, each mystery revealed, that is orisha. It is infection and plague, medicine and deliverance. It is also war and all that we can neither understand nor control. In the upshot, it is the disease which prepares a restful death and points to a rebeginning. It is what does not exist yet and which we bring into existence.

Orisha is multiple. So many they are and we only know some of them. In them men recognize gods. Beseeching favors, timorously, men feed the orishas, dance for them, tell their stories. After all, they want to understand what they are, what life is, and the world, the human-beings. They tell ancestral myths which the African slaves brought to this side of the ocean. The myths of the orishas tell the origin of the world, the mysteries of nature and society, the secrets of life.

Myths are used to explain. They speak through symbols and enigmas, through images and parabolas, revealing and hiding. Like magic mirrors, myths reflect the face of the orishas and can reveal our own face. But that wouldn't happen to someone who doesn't have a religion, or a rather strong magic, or an art like that of poets. Because myths are words that get together forming speeches and which the ancient Yoruba Blacks transmitted from generation to generation through the spoken word. They didn't write; their books, learnt by heart, was the book of voices. And so, through oral transmission, we, Brazilians, inherited the myths of the orishas from ancient Africans and kept them for us, eager to understand and control their secrets, their mysteries kept in words. But words, even when repeated again and again, deceive. Because the word often betrays the memory and hides in the gaps of forgetfulness. And because the word can be seen from the outside and from the inside. Who knows if deep inside, deep at the bottom, there aren't more things to be understood? Other meanings, feelings? Myth is the shallow word, the surface of speech. It is the dull blade. In order to cut, to reveal throbbing life, the blood running in veins, it needs to be sharpened.

Then comes the word sharpener and reveals the myth in remade verses which scrape the ancient word to see what is under the shell, to reveal what is hidden. The poet knows how to do this, this is his job, he is the word sharpener. When sharpening speeches blunted by the myth, he drags the shining blade of the orisha's human face, the blade which still cuts time. And from then on, he starts to speak of the world, of everything and of everything else. He speaks about himself and about us. In remade words, as expected in the myth, the new see itself in the ancient, the ancient is no longer itself. The word sharpener learns that everything is as it used to be and, at the same time, isn't. Because everything repeats itself and is never the same as it once was. So he discovers, repeats, invents, reinvents. The myth remains alive. The meanings and feelings surface.

The word sharpener is the poet and he knows how to handle the meaning of words, he doesn't let them deceive him, he feels what is hidden, takes the lid off, reveals and unravels their mystery. He works his poetry and reinvent all the stories he was told. The word sharpener creates new mysteries. He looks at the orisha's face full front and lets himself be seen in it. Then he gathers everything and in solidarity delivers his discovery to us. Each and every word he sharpened to discover what was inside. And then we read what has been gathered and we almost don't realize the presence of the orisha, but we notice the word sharpener, we see ourselves, and the world and everything else. Our face is certainly there, we just need to allow ourselves to see it. It is there in *Book of Voices* by Edimilson de Almeida Pereira, the poet, the word sharpener.

Reginaldo Prandi
São Paulo, may 2007

Translated by Ísis McElroy

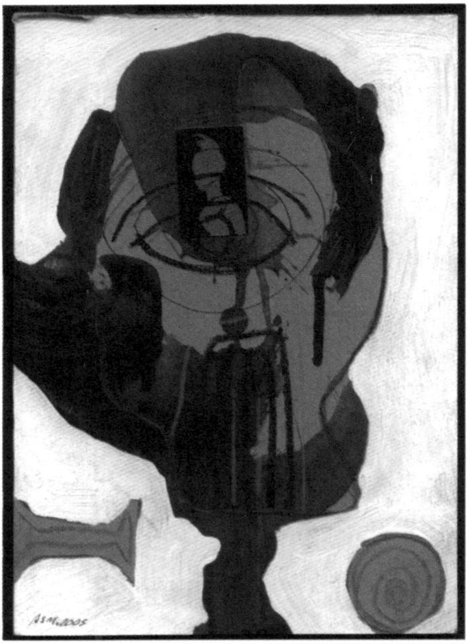

"Quando Elegbara engoliu e restituiu tudo, mostrou que é a boca que organiza o mundo, através da fala. É a palavra proferida que recria o mundo, percebido e devolvido com significado próprio."

Monique Augras

"When Elegbara swallowed and restituted all things, he showed how it is the mouth that organizes the world by means of the ability to speak. It is the proffered word that recreates the world, perceived and returned with its own meaning."

Monique Augras

"...Quando o mundo começou, da lama e das águas primordiais surgiu um montículo de laterita vermelha. O sopro de Olorum conferiu-lhe a vida. Exu se manifesta em tudo aquilo que vem em primeiro lugar..."

VISITAÇÃO

O cavalo das indagações me prostrará. Tua razão e tristeza talvez me reconfortem. O sol ardeu, agora murmura um lamento de chama e nuvem. Tua vida é nunca mas desde sempre pousada no princípio do mundo. O cavalo sou eu e também a sua negação. Tua paz deixa-me apreensivo. Estás na vertigem, tua bagagem de mutáveis espelhos: – ó nem saíste conhecido de pernas falantes.

"...When the world began, a hill of red laterite
came forth from the mud and primordial waters.
The breath of Olorum bestowed life on it.
Exu manifests himself in all things that come
first..."

VISITATION

The horse of all questioning will bend my body to the ground. Perhaps your reason and sadness will comfort me. Once the sun burned; now it murmurs a lament of flame and cloud. Your life is no longer and forever settled on the beginning of the world. I am the horse and also its negation. Your peace leaves me apprehensive. Your head spins, your baggage of changeable mirrors: you didn't even come out, O know one on speaking legs.

"É múltiplo e indômito... Como a própria vida, transforma-se sem parar, e assim faz o universo funcionar.
Ficou com o encargo de receber as oferendas e distribuir os dons. "

EMISSÁRIOS

1/ O ENCONTRO

Como a cidade no mofo a rosa de um morto sobre os jardins. Estaríamos aliviados se a limpeza dos lustres não rompesse a pedra enigmática que conduzimos. Nossa morte repousa, vontade merecida de um incêndio. Também eles desmontam as flores auxiliados pelos arlequins. E não sabemos porque somos a intenção dos raios. Como a cidade a rosa de um morto nas escolas.

> "He is multiple and cannot be tamed…Like life itself, he transforms himself ceaselessly and thus makes the universe function.
> His is the job of receiving the offerings and distributing the gifts."

EMISSARIES

1/ THE MEETING

Like a city growing from mold, the rose of a corpse over the gardens. We would be relieved if the spotlessness of these chandeliers did not break the enigmatic stone we carry. Our death rests in peace: well-deserved desire of fire. They also dismantle the flowers with the help of the harlequins. And we do not know why we are the lightning's goal. Like a city, the rose of a corpse among the gathered people.

“Ele transforma tudo, por ter engolido e devolvido tudo.
Exu é a vida, com todas as suas contradições e sínteses. ”

2/ ENCOMENDA

Rejeitamos proteção pela ausência do que entregamos. Deveríamos dizer-lhes, mas talvez perdessem a barba na constelação dos esqueletos. As toalhas sobre as marquises, talvez lhes tirássemos a vida. Mas a encomenda nos acompanha e um livro se castiga na manhã das palavras. Se lhes disséssemos arruinariam as esquinas onde se amam as flechas. Passemos sob as árvores.

“He transforms all things, for having swallowed
and given back all things.
Exu is life, with all its contradictions and syntheses.”

2/ REQUEST

We reject protection on behalf of the absence of what we have delivered. We ought to tell them, but perhaps they would lose their beards in the constellation of skeletons. The towels over the marquees, maybe we should take their lives. But the request comes with us, and a book punishes itself in the street corners where arrows fall in love. Let us go on beneath the trees.

> "Exu é a unidade que se multiplica até o infinito...
> Tudo o que se une, se multiplica, se separa, se
> transforma, tudo isso, é Exu. "

3/ ANDAÇÕES

E sob os canais de uma cidade onde o beijo martiriza os bosques. Logo estaremos na estação e nenhum orvalho cederá. As esquinas afiam severamente o destino. Então o abraço, noutra cidade, e elas se sucederão. Não contaremos castelos, resíduos, serão tantas humilhações que o medo partirá o perfume das flores. Cada punição há de nos parecer uma indagação sobre a felicidade. E sob as árvores o rastro das cidadelas. Passemos sob as árvores mortas dos canais.

> "Exu is the unit that multiplies to infinity...
> Everything that joins together, multiplies, separates,
> transforms itself, all this is Exu."

3/ WALKING AROUND

And under the canals of a city where the kiss martyrs the forests. Soon we will be in the station and no dew will accept defeat. The street corners sharpen destiny to a severe point. Then the embrace, in another city, one city after the other. We will not possess castles, remains. There will be so many humiliations that fear will cut open the flower's perfume. For us, each punishment will seem like a questioning of happiness. And beneath the trees, the trail of the citadels. Let us go on beneath the dead trees of the canals.

"Orumilá, que é o deus supremo em sua função de senhor do destino, foi pedir um filho a Oxalá. ... todos se tornaram servidores de Orumilá, que manda no oráculo de Ifá. "

DESTINAÇÕES

O tempo armou um carteado nas costelas da polícia. Não, – não há nenhuma verdade – há a hipocrisia e a argila violada. Mudei-me em cão no ruivo das madrugadas. E lá senti a miséria das formas impossíveis. Os demônios são impessoais como as máscaras de cinzas. Mudarei em misericórdia, depois ainda em temeridade. O destino me diverte, dilacera-me a pluma dos girassóis.

"Orumilá, who is the supreme god in his capacity as lord of destiny, went to Oxalá to ask for a son. ...everyone became servants of Orumilá, who controls the oracle of Ifá."

DESTINATIONS

Time dealt the cards on the policemen's ribs. No, there is no truth – only hypocrisy and violate clay. I turned myself into a dog in the red dawns. And there I felt the misery of the impossible forms. Demons are as impersonal as masks of ash. I will turn into mercy first, and then into reckless abandon. Destiny amuses me, my feather of sunflowers lacerates me.

> "Ifá, o adivinho, que é o coco do dendezeiro, revela ao consulente como fazer para servir o seu Exu pessoal, de maneira a cumprir corretamente o destino que lhe cabe."

MAU-OLHADO

Os carros apodrecem. Eu os recomeço com tempo e cores caídas. As mais miseráveis, os nomes não adivinho. A lua permaneceu. Mestressala roubou-lhe as vísceras de serpentina. Ah deus das canções perdidas. Narro a aflição dos carros mortos sob a lua de Mestressala, encanecida e presa. Um deus inominado não reina nas quadras. Sabe o inferno e está só. Um bicho que uma criança esmaga.

> "Ifá, the diviner, who is the coconut of the dendê palm, reveals what to do to serve one's personal Exu and thereby fulfill one's destiny correctly."

EVIL EYE

The carnival floats rot. I renew them with time and muted colors. The most miserable colors: I do not divine their names. The moon remained behind. Mestressala stole its viscera coiled like carnival streamers. Ah, god of the lost songs. I tell of the affliction of dead floats beneath Mestressala, the moon, that gray-haired prisoner. An innominate god does not rule over the place where we rehearse. He knows hell and is alone: a bug any child could squash.

"Ogum é (...) antes de mais nada, o pioneiro.
Vem das florestas, inventa o ferro, fabrica as armas
de caça e de guerra... Prepara também os objetos
sagrados: forja a faca dos sacrifícios, as campainhas
que chamam os deuses na festa. "

UM CASAL

A solidão desposa-me o trabalho. Forjamos as lavouras e as estradas. Ora, a vida impotente fere as árvores e nossa forja atemoriza o sono das lagoas. Consagram-nos o diálogo dos pêlos abençoados. Ó minha esposa, herdamos os instrumentos todos. Quando o nevoeiro devorar a claridade das florestas, dançaremos a mutilação dos duelos.

> "Ogum is (…), above all, the pioneer. He comes from the forests, invents iron, makes weapons for hunting and war…He also prepares the sacred objects: he uses a forge to make the knife of the sacrifices, the bells that call the gods to the celebration."

A COUPLE

Solicitude marries my work. We forge crops and highways. Now, inpotent life wounds the trees, and our forge frightens the lakes as they sleep. Someone consecrates our dialogue of blessed hair. O my wife! We inherited all the instruments. When the fog devours the forest`s clarity, we will dance the mutilation of the duels.

"Oxóssi é o rei da mata, deus da caça, protetor de todos aqueles que tiram o seu sustento da floresta. ... Rei de Keto (Alaketu)... "

LOUVA-A-DEUS

O caçador implora a inocência das entranhas. A mim, criador do mundo, contundente e adorado príncipe. A quem os sacrifícios não confortam. A posta do último vegetal reclama vossas orações – a última, lembrai-vos. Minha sede é a promissão: – Ó caçador! Ó caçador! Não sois o meu sacrifício? Dai-me o vosso sofrimento. Os ossos acesos da purificação.

> “Oxossi is the king of the forest, god of hunting,
> rotector of al those who get their sustenance
> from the forest.
> …King of Keto (Alaketu)…”

PRAYING MANTIS

The hunterprays for the visceras's innocence. Prays to me, creator of the world, bruising and adored prince. For whom sacrifices are little comfort. The piece of the last vegetable request your prayers – the last piece, remenber. My thirst is the promise: O hunter! O hunter! Are you not my sacrifice? Give me your suffering. The lit bones of purification.

> “Obaluaê (..) é um dos deuses da terra. Provoca
> as epidemias, mas cura também.
> ... as cores emblemáticas de Obaluaê são
> predominantemente o branco e o preto, ressaltando
> novamente a ambivalência do símbolo da morte e
> nascimento”

A CURA

A pulsação da juventude alicia-me os pavores maduros. Consolam-me os olhos e as nuvens, esforço desesperado sobre as veias abertas. A velhice auxilia o outono com sua queda. O que é exumação – escutai-me, ó corpo – ou enfim, o declínio manso dos infernos inocentes.

> “Obaluaê (...) is one of the gods od the earth. He causes epidemics, but cures as well.
> ...The emblematic colors of Obaluaê are predominantly white and black, highlighing once again the ambivalence of the symbol of death and birth.”

THE CURE

The pulse of youth attracts my full-grown fears. The eyes and clouds consolo me, desperate effort over open veins. Old age helps autumn with its descent. Whatever disinterment is – hear me, O body – or finally, the gentle decline of innocent hells.

"...Oxumaré, arco-íris, grande cobra d'água que une o céu e a terra, distribuindo a força sagrada pelo universo."

CÍRCULO

O arco-íris descobriu a vontade das serpentes. Por isso o céu se deita sobre a terra com os olhos entreabertos. Na manhã em que o sol se atrasar virei com meu colar de cores. Ó, terei o reino dos galos e a cauda esguia dos pássaros. Um círculo de contas inundará o céu tranqüilo.

> “Oxumaré, rainbow, great snake of water that
> joins heaven and earth, distributing the sacred force
> throughout the universe.”

CIRCLE

The rainbow discovered the serpents’ desire. This is why the sky lies down on the earth with its eyes half-open. The morning the sun runs late, I will come with my necklace of colors. O mine will be the kingdom of roosters and the slender tail of birds. A circle of beads will inundate the tranquil sky.

"Terra-mãe, água das lagoas e das fontes. Nanã é também deusa da fertilidade do solo, do grão que morre e renasce.
... é a deusa dos mistérios. "

CUIDADO

A terra de tudo, jamais serei outra. Conheço meus segredos, mas há sempre o nome da flor nascente que me escapa. São nomes futuros, sementes e grãos que me entontecem. Ah, a toda criação me asila em gestos de quase infinita espera. Sou terra úmida, fonte perdida entre as folhas. Estimo as raízes que me saem destino ou flor espetalada.

> "Earth-mother, water of lakes and fountains, Nanã
> is also goddess of the fertility of soil, of the seed that
> dies and is reborn.
> ...she is the goddess of mysteries."

CARE

As the earth of all things, I never will be anything else. I know my secrets, but there is always the name of the flower being born that escapes me. These future names, seeds and grains stun me. Ah, all creation gives me shelter with gestures of almost infinite waiting. I am humid earth, lost wellspring among the leaves. I hold roots in high regard when they come from me as destiny or a flower with no petals.

"Kauô Kabiecile!" "'Venham ver o Rei descer sobre a terra!' , eis a saudação de Xangô, pois antes de mais nada ele é um grande Rei. Na terra, foi outrora o quarto monarca da cidade de Oyo, e permanece rei entre os deuses."

FESTA

Vem-me de velhas idades a oficina dos raios. O louvor não perdoa a fúria das mulheres perdidas? A calma dos machados deseja o inimigo. Sofri no amor dos anjos, mas coroei pedra e raio. Velhas palavras são rainhas e homens esquecidos, a decifração das máscaras. Ó paz, a pupila rasgada dos incêndios perfuma a celebração dos humilhados.

> "Kauô Kabiecile! 'come see the king descend to earth!' This is the greeting for Xangô, since, above all, he is a great King. On earth, he was at one time the fourth monarch of the city of Oyo, and he remains king among the gods."

CELEBRATION

The forge where lightning is made comes to me from an ancient age. Doesn't prayer pardon the fury of lost women? The calm of the double-headed axes desires the enemy. I suffered in the angel's love, but crowned stone and lightning. Ancient words are queens and forgotten men, the deciphering of the masks. O peace, the ripped eye of fires perfumes the celebration of the meek.

"Iansã é quem leva, como orixá do vento, o último suspiro dos moribundos.
Esposa principal de Xangô, compartilha o poder do fogo... Ambos reinam sobre os raios e as tempestades... "

AMIGA

No reino da pedrassol me espero, permanecerei por amor ao mundo que desvendo. Não me bastam a vida e os pesadelos. Se venho saber o amor, serão sempre dolorosas as indagações daquele a quem amo. No campo, sou a árvore de todos os mortos: adiante, talvez, seja meu corpo entregue à rolança dos ventos. São meus os cabelos da noite, dedos quebrados pela manhã.

> "Iansã, as the orisha of the wind, carries off the last
> breath of the dying.
> As Xangô's primary wife, she shares the power
> of fire with him... Both of them rule over lightning
> and storms..."

FRIEND

In the kingdom of the sunstone, I await myself and will remain because of love for the world I reveal. Life and nighmares are not enough for me. If I come to know love, this questioning on the part of my beloved will always be painful. Out in the countryside, I am the tree of all the dead: later on, perhaps, my body will be given over to the rolling winds. The long hair of the nights is mine: fingers broken by the morning.

"... pássaros simbolizam a fecundidade das Grandes-Mães, e (...) as plumas representam a multidão dos descendentes. Por isso, Oxum é a 'dona de muitas penas de papagaio'.
Mãe da riqueza, Oxum é a alegria do sangue das mulheres fecundas."

GESTAÇÃO

Para celebrar meu amor procuro uma cidade de espelhos. Meus filhos não conhecem a tempestade que oculto nos olhos, ocupam-me e eu os continuo. Antes de perecermos será possível diluir o silêncio que nos adia. Temos a vida e a morte como o céu as chuvas tardias. Porque a vida não é só o rio sob as nuvens ou o amor se perdendo nas gemas do corpo esquecido.

> "...birds symbolize the fertility of the Great Mothers
> and (...) the feathers represent the multitude of
> desdendants. This is why Oxum is the 'owner of
> many papagayo feathers.'
> Mother of wealth, Oxum is the happiness of fertile
> women's blood."

GESTATION

The celebrate my love, I search for a city of mirrors. My children do not know the storm I hide in my eyes: They keep me occupied, and I am their continuation. Before we perish, it will be possible to dilute the silence that postpones us. We have life and death the way the sky has late rains. For life is not simply the river beneath the clouds, nor is it love lost in the yolks of eggs, gems of the forgotten body.

> "Iemanjá é, por definição, a mãe, a senhora das origens.
> ... Reina sobre 'todas as águas do mundo' doces e salgadas.
> ... deusa das águas primevas que são (...) 'fons et origo', matrizes de todas as possibilidades da existência. "

AMOR

És a pura indagação de meus seios. Ainda que o céu se quebre não te condenarei. As águas, minhas filhas, abrem sete canoas, mas por elas não te perderás. Meu ventre respira a sabedoria dos peixes, este amor de algas nos olhos. Suplico-te não mais que a humildade das flores entregues à chuva.

> “Yemanjá is, by definition, the mother, the
> lady of origins.
> ... She rules over ‘ all the water of the world‘,
> be they fresh or salty.
> ... goddess of primeval waters that are (...) ‘fons et
> origo‘, matrixes of all the possibilities of existence.”

LOVE

You are the pure questioning of my breasts. Even if the sky were to break, I will not condemn you. The waters, my daughters, open seven canoes. But you will not be lost because of them. My womb breathes the wisdom of the fish, this love of algae in the eyes. Grant me only the humility of the flowers that give themselves to the rain.

> Oxalá "é o grande deus da brancura... Dele dependem todos os seres do céu e da terra. Ele é a brancura do indeterminado, o deus de todos os começos e de todas as realizações. A vida e a morte abrigam-se debaixo do seu pálio."

PRINCÍPIO

As árvores presenciam a criação do mundo. Sendo eu a respiração das aves, serei novamente água e árvore. Nascerei após o fogo, arderei antes de mim mesmo. Um raio espera em meus pensamentos, sei a morte e a vida, razão porque silencio e canto. Sou a face que não possuo, renasço sem mesmo desaparecer.

> Oxalá "is the great god of whiteness...all the beings of heaven and earth depend on him. He is the whiteness of indeterminacy, the god of all beginnings and all things fulfilled. Life and death seek shelter beneath his canopy."

BEGINNING

The trees witness the creation of the world. Because I am the birds' breathing, I will be water and tree once again. I will be born after fire. I will burn before myself. A bolt of lightning awaits in my thoughts. I know death and life, which is why I silence and sing. I am the face I do not possess. I am reborn without really disappearing.

UM MORADA DOS ORIXÁS
THE ORIXAS' HOME

AS PEDRAS

O lodo e o tempo.
Também as nuvens são irmãs.

E assim as demais vidas
morrem do mesmo dilúvio e a solução não será
a dúvida entre um cisco e a montanha.

No espaço das pedras
o sol que se apaga
deixa o rubor de seu gesto.

THE STONES

Mud and time.
The clouds are sisters, too.

And that is how the rest of the living
die in the same deluge, and the solution is not
the doubt between a mound of garbage and the mountain.

In the space among stones,
the sun, losing its light,
blushes in shame.

O MACHADO

Meus ruídos estão inteiros
gesto de celebrar a forja e o fogo.

Ampara-me a noite
a certeza da grande-mão
apalpando o próprio espírito.

Tão indissolúvel na palma rude.
A grande-mão se besta: o machado
maior que a noite – o próprio corte.

THE AXE

My sounds are whole,
expression of celebrating forge and fire.

The night shelters me,
as does the surety of the great hand
blindly touching its own spirit.

So indissoluble in the rustic palm.
The great hand in awe: the axe,
bigger than the night – the chopping in and of itself.

O LANCEIRO

Desde a véspera visito meu corpo.
Outra coisa não perturba tanto um braço
que a lembrança de uma fera a ele engastada.

As feras entre as esteiras
se as percebo deixam de sê-lo.
Meu corpo medita, talvez me condene.
Uma decidida fera meus pensamentos.

As feras que não vi.
Meu corpo arroja-se no festim dos olhos.
Faz grande tempo eu nascera
para a surpresa desse corpo.

THE SPEAR THROWER

At dusk, I visit my body.
Nothing disturbs an arm
like the memory of a wild animal with its jaws locked
on flesh.

Those wild animals on the paths--
if I see them, they cease to exist.
My body meditates, perhaps condemns me.
My thoughts: a determined beast.

The wild animals I did not see.
My body hurls itself into the festival of eyes.
A long time ago I was born
to the great surprise of that body.

AS ÁGUAS

A ponte que aproxima não está em nós.
Ouço os arcos quando curvam a tarde.
As pontes sobrevivem aos ossos
procurando a cabeça de um imenso peixe.
A ponte é quase a decisão dos olhos
alimento enlameado e calmo.

As pontes atravessam as imagens.

THE WATERS

The approaching bridge is not within us.
I hear the arches when they curve the afternoon.
The bridges survive the bones
searching for the head of an immense fish.
The bridge is almost the eyes' decision:
calm and muddy sustenance.

The bridges cross the images.

AS QUARTINHAS

O chão em meialua.

Pedidos e receios
que ao sereno se convertem
em nossos lábios

altares onde os invisíveis
absorvem e mais ofertam
os enigmas do mundo.

O chão em meialua.
Ontem os lábios minguantes
ao sereno.

Hoje templo luta
plenilúnio.

SACRED VESSELS

The ground lit by a half-moon.

Request and misgivings
That become our lips
In the dew:

    altars where invisible beings
    absorb and also proffer
    the world's enigmas.

The ground lit by a half-moon.
Yesterday the waning lips
In the dew…

Today temple struggle
Full moon.

O FERRO

Num tempo soubeste a magia
e os companheiros ao redor do fôlego.

As resoluções vieram
abrindo cavernas no jardim.

Os companheiros tornam a chegar
com os seus descendentes.

Há uma lua dentro da qual nos agachamos
duras perguntas dormem em nós.

IRON

At one time you knew the magic
and the friends gathered around their own breathing.

Resolutions came,
opening cavers in the garden.

The friends return once more
with their descendents.

There is a moon in which we crouch:
hard questions sleep within us.

AS FRUTAS

Os mortos aparecem
no carnaval numa dança de espessura
as almas verdes e a ilusão madura.

A definição do que é noite ou dia
não assusta a vida: o corpo
esfolha e morre em si coeso.

Os mortos não caem mais
a restauração dos caules cresce imperceptível.

THE FRUIT

The dead appear
at carnival dancing densely:
green souls and a ripe illusion.

The definition of night or day
does not frighten life: the body
loses its leaves and dies united.

The dead fall no more:
the restoration of stems grows imperceptibly.

Ô LAPASSIADA A FESTA
HEY, FRIENDS! LET'S CELEBRATE!

O ABREALAS

Tudo nos rejeita.
Houve angústia, tua floresta de nãos
quis no entanto removê-la.

Tardos, criaremos coisas mortas
mesmo que o sol permaneça. Cresce
com o dia nossa hesitação.
Então nos ferimos.

Quando soubermos essa dor
muito grandes para a vida e a morte
andaremos num desfile.

Não fingiremos. Chegaremos
ao sentido de nós mesmos como um
corpo que se abre noutro corpo.

CARNIVAL FLOAT

Everything rejects us.
There was anguish. Your forest of ships,
nonetheless, wanted to remove it.

Slowly, we will raise dead things
just as the sun remains. Our hesitation
grows with the day.
Then we wound each other.

When we discover that sorrow,
too great for life and death,
we will be walking in a parade.

We will not pretend. We will arrive
at our true meaning like a
body that opens in another body.

PARTIDO ALTO

Esse ouvir no teu giro e retorno a força
que nos fala: apenas um se perdeu,
viemos assim.

Quem mais? O ritmo nos recupera, aquele no
atraso é o que menos estará ausente.
Sua outra vida roda nessa tão curta. Seu
corpo sobre nossa alma dança até rasgar.

CIRCLE OF SINGERS

To hear in your whirling and return the force that speaks to us:
    only one was lost; this is how we came.

Who else? The rhythm recovers us; the one which is the most
    behind will be the one least absent. Your other life rolls in
    this brief one. Your body over our soul dances until it bursts.

O PASSISTA

O tempo sobre os estandartes.
Restam o fogo e o brilho
sempre um risco.

A dor não ameaça o corpo.
O suor é velho e a vida
avança sobre a manhã.

O tempo e seu calcanhar
são misteriosos como meus passos
são a festa de meu corpo.

Recito a religião dos calos.

THE DANCER

Time above the banners.
What remains is the fire and shining,
always a risk.

The pain does not threaten the body.
The sweat is old, and life
advances toward the morning.

Time and its heel
are mysterious the way my steps
are my body's celebration.

I recite the religion of calluses.

TENDINHA

Um raio povoa o chão. Queres ver-me e já ensino
ao silêncio a verdade dos ruídos.

Ensino ao silêncio a úmida entonação e assim
me fecho ao pó. Não sei a força em que se
converte o meu pensar.
Um arco.

O mundo nasce do raio – não vês, e há ruídos
que são silêncios. Também não vejo, não
sei.
Um raio faz o mundo.

PLACE OF WORSHIP

A bolt of lightning populates the ground. You want to see me so I show
the sounds' truth to silence.

I show the damp intonation to silence and then
I close myself to dust. I don't know the power of my own thinking.
An arched bow.

The world is born from lightning – can't you see, and there are sounds
that are silences. I cannot see either. I do not know.
A bolt of lightning makes the world.

QUADRA

Serpentina alguma morre no ar
e a folia não queda no escuro.

Um temor envolve toda alegria
e o esquecimento vigia sua eternidade.

A morte na folia ama a serpentina
e nem separa a vida de seu destino.

Em quadra ficam os dias, o amor cansado da
alegria, em quadra um desejo no teto,
deidade no templo.

A SPACE TO DANCE AND PLAY

No confetti dies in the air
and the festival does not remain in darkness.

Fear wraps itself around all joy
and oblivion watches over its eternity.

Death in the festival loves confetti
and does not separate life from its destiny

The days remain in this space for dance and play. Tired,
love gives
            joy. Here, some desire on the rooftop,
                                    temple deity.

ESCOLA

Passamos as ruas como um segredo
e nossas alegorias exprimem realidades mais
fundas que o espanto.

São dias de máscaras, de intenções claras
somos em nós, em nós se concentra o mundo e
suas cartas.

Reconhecemos a nuvem e a fantasia
nada há nestas ruas que as impeçam de nos
iludir e decifrar.

Passamos como um rio na madrugada
e nossas alegorias designam verdades mais
firmes que a sabedoria dos
homens.

SCHOOL

We go into the streets like a secret
and our costumes express realities deeper than fear.

These are days of masks, of clear intentions;
we are in ourselves; in us; the world and its cards are concentrated.

We recognize the cloud and the illusion. There is nothing
in these streets that keeps them from deceiving and decoding us.

We pass like a river at dawn
and our costumes designate truths firmer
than the wisdom of men.

RODA

As palmas nos abraçam e com elas iniciamos a
celebração de conchas e batidas essenciais.

Ah, quando as pernas saltam as cabeças pendem:
estrelas no chão. Tua poeira e meu
querer são um na ponta do olhar.

Agimos por estarmos juntos e presentes à
hora do mundo, irmão nosso de diluições e
eternidades.

No terreiro a oferta de folhas e sentidos.
Teu ser e meu, altares de um encontro mais
antigo.

Quando a noite sob as velas se arruma em
nossos ouvidos.

CIRCLE

The hands embrace us, and with them we initiate the celebration
of shells and essential rhythms.

Ah, when legs leap, heads hang down: stars on the ground.
Your dust and my desire are one at the tip of seeing.

We act because we are together and present at the hour of the world,
our brother of dilutions and eternities.

In the temple, the offering of leaves and meanings. Your being
and mine, altars of a more ancient meeting.

When the night beneath the candles settles in our ears.

O LIVRO DE FALAS E OS JOGOS DE FORÇA NA TRADUÇÃO

O objetivo deste artigo é analisar, sob um prisma cultural, a tradução para a língua inglesa d'o *Livro de falas* (1987), de Edimilson de Almeida Pereira. O estudo de suas traduções para a língua inglesa, à luz de preceitos que consideram a tradução como um processo de mediação cultural e como um dos elementos responsáveis pela formação de identidades culturais e de conceitos tais como os de reescritura, manipulação, patronagem, domesticação e estrangeirização representa a possibilidade de aumentar a audibilidade de sua voz no contexto brasileiro.

Reescritura, manipulação, patronagem

Terry Eagleton, na introdução do livro *Teoria da literatura* (1985), discute a grande dificuldade que existe em se definir precisamente o que é literatura. Na referida introdução, o autor afirma que lemos as obras literárias com base nos conceitos e crenças que possuímos em nosso íntimo, isto é, "à luz de nossos próprios interesses" (EAGLETON, 1985: 16). Por esse motivo, o leitor do presente não lê Homero ou Shakespeare da mesma forma que um leitor da Idade Média, simplesmente porque as condições sócio-históricas não são as mesmas. Tal raciocínio leva Eagleton (1985: 17) a afirmar que

> Todas as obras literárias [...] são "reescritas", mesmo que inconscientemente, pelas sociedades que as lêem; na verdade, não há releitura de uma obra que não seja também uma "reescritura". Nenhuma obra, e nenhuma avaliação atual dela, pode ser simplesmente estendida a novos grupos de pessoas sem que, nesse processo, sofra modificações, talvez quase imperceptíveis.

Tal observação pode ser estendida aos estudos tradutórios. Podemos considerar que toda tradução é, também, um processo de reescritura. Em primeiro lugar, o ato tradutório tem início com a leitura do texto. Desse modo, o tradutor é, primeiramente um leitor que, como qualquer outro, terá sua interpretação condicionada, de alguma forma, pela estrutura de valores da sociedade em que vive, valores que podem estar ocultos, serem "inconscientes", mas que ainda assim têm o poder de influenciar o indivíduo. Em segundo lugar, a tradução pode ser entendida como o ato de se "estender a novos grupos de pessoas" um texto que, escrito na língua-fonte, não é compreendido no contexto da língua-meta. Logo, toda tradução constituição uma releitura e uma reescrita, ou como prefere André Lefevere, uma reescritura. O autor acrescenta que

> reescritura, seja na forma de crítica ou de tradução (e eu poderia adicionar, de historiografia e antologização), revela-se uma estratégia muito importante que os guardiões de uma literatura usam para adaptar o que é "estrangeiro" (no tempo e/ou em localização geográfica) para as normas da cultura receptora.

> Portanto, a reescritura desempenha um papel altamente importante no desenvolvimento de sistemas literários (Lefevere *Apud* BASSNETT, 1993: 147-148).

O termo reescritura, aplicado ao contexto da tradução, foi cunhado por Lefevere a partir do termo manipulação, utilizado por Theo Hermans (1985: 11) ao dizer que "do ponto de vista da literatura-meta, todas as traduções implicam um certo grau de manipulação do texto-fonte para um propósito determinado". Desse modo, uma vez que o tradutor tem como objetivo comunicar uma mensagem, no caso o texto estrangeiro, podemos dizer que o texto-fonte estará, de uma forma ou de outra sendo manuseado, alterado, manipulado, já que a comunicabilidade só poderá ser atingida se o texto estrangeiro se tornar compreensível, ou seja, "quando o texto estrangeiro deixa de ser inescrutavelmente estrangeiro, tornando-se compreensível de uma forma caracteristicamente doméstica" (VENUTI, 1998: 174).

Como desenvolvimento do pensamento sobre a tradução como um processo de manipulação e como uma reescritura, André Lefevere (1992b: 14) aborda a questão da patronagem. O autor considera que a cultura e a sociedade são o ambiente do sistema literário. Por conseguinte, os vários sistemas que compõem o sistema social estão abertos uns aos outros, influenciando-se mutuamente. De acordo com Lefevere, a chamada patronagem, que pode ser entendida como o poder exercido por instituições, pessoas, partidos políticos, classes sociais, editores e mídia, determina o que será permitido ou impedido em termos de literatura, agindo de fora do sistema para dentro do mesmo. Os chamados "patrocinadores" tentam regular o relacionamento entre o sistema literário e os outros sistemas que, juntos, formam a sociedade e a cultura. Eles podem não controlar a escrita propriamente dita, mas controlam a sua distribuição (LEFEVERE, 1992b: 15). A questão da patronagem tem reflexo preciso na atualidade, onde as obras pertencentes ao cânone são muito mais facilmente encontradas do que aquelas que não o são. E isso não se aplica apenas a um determinado autor, mas a diferentes trabalhos de um mesmo autor.

Os profissionais ligados à reescritura, e entre eles podemos incluir o tradutor, estão diretamente ligados "à ideologia dos patrocinadores que dominam a fase histórica do sistema social no qual o sistema literário está incluído (LEFEVERE, 1992b: 15). Um trabalho de tradução é realizado na medida em que é "encomendado" e, conseqüentemente, "patrocinado". Assim, a patronagem está intimamente ligada à questão da ideologia. A aceitação de um "patrocínio" implica que escritores e reescritores (e, portanto, os tradutores) trabalhem dentro dos parâmetros estabelecidos por aqueles que delegam autoridade a esses profissionais: os patrocinadores. Mesmo um profissional tido como independente estará sujeito a questões ideológicas, uma vez que constitui um elemento "preso" em um tempo e em um lugar específico. Tal questão se torna mais perceptível se pensarmos o texto em termos de produto.

Luís Filipe Ribeiro (2001: 198), em *Geometrias do imaginário*, argumenta:

> O texto, antes de mais nada, é um produto. Nasce do trabalho humano e é dele testemunho material eloqüente. É testemunho do esforço de criação individual, dos condicionamentos sociais, das dimensões culturais, das condições econômicas, dos conflitos éticos e das contradições políticas, que configuram o espaço em que foi gerado e publicado. Assim, sua leitura e compreensão demandam que se desentranhe, de sua teia de signos, indícios dessa totalidade, sem o que ficará limitado a um jogo de armar destituído das significações que o tornam parte do legado cultural de que somos herdeiros.

Ribeiro (2001b: 198) afirma, ainda, ser a literatura uma "instituição social viva", que "tem que ser entendida como um processo. Processo histórico, político e filosófico; semiótico e lingüístico; individual e social". O mesmo pode ser afirmado a respeito da tradução. Assim como o texto-fonte, o texto-meta constitui um produto que depende diretamente das condições sociais, econômicas e culturais da época em que é produzido. Logo, o tradutor levará em consideração não apenas as características do texto-fonte, mas, também, os objetivos que determinarão a sua leitura e produção e, conseqüentemente, a maneira pela qual ele irá exercer sua tarefa. Sendo o tradutor um indivíduo único, com experiências próprias, sua produção estará, também, condicionada pela sua "criação individual".

Domesticação e estrangeirização

A função do tradutor é, resumidamente, a de comunicar um texto-fonte a um contexto-meta. Como já mencionado, o tradutor é, em primeira instância, um leitor, logo, todo o seu processo tradutório será norteado, inicialmente, pela sua interpretação do texto-fonte. Como qualquer outro ser humano, ele estará sujeito às condições sócio-históricas do tempo e lugar em que vive e, portanto, terá sua interpretação fortemente influenciada por essas mesmas condições. Além disso, como vimos anteriormente, toda e qualquer tradução será realizada na medida em que for encomendada por um patrocinador que, evidentemente, irá exercer algum tipo de influência na maneira em que o texto-fonte será traduzido para o contexto-meta. Logo, são vários os fatores que determinam o processo tradutório. Segundo Lawrence Venuti (1995), o ato tradutório pode ser norteado por dois princípios básicos e opostos entre si: o da domesticação e o da estrangeirização, retomando termos que já haviam sido utilizados por Friedrich Schleiermacher (1992).

A domesticação consiste na produção de um texto fluente na língua da tradução, com o conseqüente apagamento das diferenças lingüísticas e culturais existentes no texto-fonte na passagem para o contexto-meta. Ela implica a chamada invisibilidade do tradutor. Segundo Venuti (1995: 8), a invisibilidade do tradutor é "uma estranha auto-aniquilação, um modo de conceber e praticar a tradução que indubitavelmente reforça o seu *status* marginal". Quando um tradutor opta por esse caminho, seu objetivo é o de "deixar o leitor em paz", não permitindo que sua leitura seja dificultada.

A estrangeirização consiste na manutenção das diferenças existentes entre as culturas fonte e meta, ou seja, na importação de padrões lingüísticos e culturais da língua da tradução. Tanto Schleiermacher quanto Venuti defendem esse caminho como sendo o melhor, uma vez que a tradução estrangeirizante não só permite a visibilidade do tradutor, o que leva a uma maior valorização de seu trabalho, como, também, possibilita um intercâmbio entre as culturas fonte e meta. Segundo Venuti (1995: 20), a tradução estrangeirizante pode ser vista como "uma forma de resistência contra o etnocentrismo e o racismo, o narcisismo cultural e o imperialismo, nos interesses das relações geopolíticas democráticas". Quando um tradutor opta por essa forma, ele automaticamente está "transportando o leitor para o país estrangeiro" (VENUTI, 1995: 20), ou seja, não se tem uma representação transparente da cultura-fonte e, sim, a manifestação dos valores divergentes que podem levar a uma discussão dos próprios valores domésticos.

Como o processo tradutório é um ato de transposição não somente lingüístico, mas também cultural, nesse processo de transposição, valores culturais domésticos acabam sendo inseridos no texto. Assim, "a tradução é uma inevitável domesticação, pela qual no texto estrangeiro se inscrevem valores lingüísticos e culturais inteligíveis para grupos domésticos representativos específicos. Esse processo de inscrição opera a cada passo da produção, distribuição e recepção da tradução" (VENUTI,1998: 174). Segundo Venuti (1998: 174), tal processo se inicia com a escolha do texto a ser traduzido, que representa a exclusão de vários outros textos; continua com a escolha das estratégias de tradução que conduzirão a uma reescritura que privilegiará determinados valores em detrimento de outros; e finaliza-se na questão das formas nas quais a respectiva tradução será publicada, lida, criticada e ensinada.

O *Livro de falas* e a reinvenção do passado

O universo retratado por Edimilson de Almeida Pereira n'o *Livro de falas* é o afro-brasileiro: seus rituais, suas divindades, seus mitos. Segundo o próprio autor, em entrevista a Steven White (1996: 45), ele "sentiu a necessidade de internalizar ou de engolir a beleza dos mitos e, então, retorná-los para o mundo [...] com algum significado extra". Essa metáfora da deglutição remete ao ideal antropofágico do movimento modernista de 1922, que pregava não a cópia dos modelos literários estrangeiros, mas o aproveitamento daquilo que fosse considerado útil para a produção de algo novo.

Na teorização sobre a tradução proposta pelos irmãos Augusto e Haroldo de Campos a partir dos anos 70 do século XX, a tradução também é analisada sob a perspectiva antropofágica. Para Agusto de Campos, a tradução é um ato antropofágico, no qual o seu realizador declara a sua reverência aos autores dos originais com que trabalha: "A minha maneira de amá-los é traduzi-los. Ou degluti-los, segundo a Lei Antropofágica de Oswald de Andrade" (CAMPOS, A., 1978). Com base no pensamento de Augusto de Campos, a tradução pode ser entendida como um processo de recriação no qual "a questão da releitura e reavaliação do passado emerge vigorosamente" (VIEIRA, 1996: 73), isto é, quando um texto-fonte é traduzido, ele é lido, criticado e, então, transformado para ser levado ao contexto-meta. Dessa forma, em consonância com o pensamento de Else Vieira (1996: 70) em sua leitura benjaminiana da tradução, os textos são quebrados e reconstituídos, havendo um intercâmbio entre a cultura-fonte e a cultura-meta mediado pelo tradutor/transformador. Assim, "a tradução [...] não tenta reproduzir a forma do original [...] mas busca apropriar-se da melhor poesia contemporânea à tradução e usar a tradição local extante [sic]" (VIEIRA, 1996: 77). Essa linha de pensamento levou Haroldo de Campos (1981) a definir o seu conceito de plagiotropia, que consiste na tradução da tradição.

Uma vez que a atitude tomada por Edimilson de Almeida Pereira, no que tange ao *Livro de falas*, é a da reinvenção do passado afro-brasileiro, da redefinição e reafirmação da cultura e da comunidade afro-brasileira de maneira não tradicional, mas particular ou até mesmo transgressora, podemos considerá-lo um "tradutor de tradições", expressão usada por Maria Clara Castellões de Oliveira (2000) ao se referir à prática tradutória de Haroldo de Campos e à daqueles escritores, de origem judaica ou não, que, à moda dos rabinos antigos (midrashistas), criam seus textos a partir de infindáveis interpretações que fazem de tradições que lhes são significativas.

O *Livro de falas* é uma coletânea de diálogos com os mitos que formam a base da religião afro-brasileira do Candomblé. Os elementos básicos da teologia do Candomblé são originários da tradição iorubá. A região africana dos iorubás é considerada como a origem de muitos dos escravos trazidos para o Brasil entre o final do século XVIII e início do século XIX e, por extensão, a origem de muitas das características culturais brasileiras. A maior concentração de escravos iorubá era a cidade de Salvador, daí a grande influência dessa tradição na dança, música e rituais baianos. Com esses escravos chegou ao Brasil, também, a religião dos orixás. Os orixás são os intermediários entre Olorum, o deus supremo, e os seres humanos. Diferentemente dos santos cristãos, as divindades do Candomblé têm características bastante humanas, como a vaidade, o ciúme, etc., tendo personalidade própria. Cada traço dessa personalidade é associado a um elemento da natureza e da sua cultura: o fogo, a água, os instrumentos de ferro, as florestas, etc..

A organização das religiões afro-brasileiras aconteceu no curso do século XIX. Desde o princípio do regime escravocrata no Brasil, essas religiões se relacionaram, através do sincretismo, com o catolicismo. Para manterem suas tradições e escaparem da grande repressão dos colonizadores portugueses, que consideravam os cultos africanos como feitiçaria, os negros passaram a associar os orixás aos santos católicos, no chamado sincretismo religioso. Assim, no sincretismo baiano, por exemplo, Ogum é identificado com Santo Antônio ou São Jerônimo; Oxóssi com São

Jorge; Xangô com São Jerônimo ou São Pedro; Iansã com Santa Bárbara, etc.. Volney J. Berkenbrock (1997: 179), em *A experiência dos orixás: um estudo sobre a experiência religiosa no Candomblé*, afirma que

> quando se tem em mente as condições sob as quais esta tradição chegou ao Brasil, não se pode deixar de ficar admirado com o seu alto grau de conservação. Além disso, ela assimilou, quase que totalmente outras tradições que lhe eram semelhantes [...], o que mostra que a religião do candomblé é uma síntese de diferentes cultos africanos.

Em conformidade com a percepção de Juliana Soares Fagundes (2001), o processo pelo qual os africanos tentaram preservar suas tradições pode ser entendido, também, como um processo de tradução. Berkenbrock aborda uma questão relevante envolvida no processo de sincretismo religioso, aqui visto como um processo tradutório: a da passagem dos africanos no Brasil para os africanos brasileiros. Segundo ele:

> Os africanos no Brasil haviam ainda conhecido as duas tradições (africana e cristã) como religiões separadas. A tendência entre estes é colocar os elementos das duas religiões um ao lado do outro, sem ligação de conteúdo entre eles. Já os africanos brasileiros não conheceram a situação de religiões (cristã e africana) separadas. A tendência entre estes é a de fazer uma identificação entre os dois sistemas religiosos. Para as gerações seguintes de africanos brasileiros, as fronteiras entre os sistemas religiosos são

> cada vez mais difusas. E a isto se junta o fato de que o processo de sincretismo foi impulsionado pelas lacunas surgidas nas tradições religiosas africanas quando do transplante destas para o Brasil. Justamente estas lacunas é que deram margem a novas sínteses e novas necessidades. (BERKENBROCK, 1997: 133)

No processo de sincretismo, o número de orixás que sobreviveram no Brasil não é igual aos de seu lugar de origem, a África, onde o número de orixás cultuados pelos iorubás é significativamente superior. Na tradição iorubá, os orixás eram classificados como sendo da direita (masculinos, cerca de 400) e da esquerda (femininos, cerca de 200). Na transposição para o contexto brasileiro o número foi reduzido para dezesseis.

O *Livro de falas* (1987) é dividido em três seções. Na primeira, cada poema começa com uma epígrafe retirada do estudo de Monique Augras intitulado *O duplo e a metamorfose: a identidade mítica em comunidades nagô* (1983). As epígrafes funcionam como uma introdução aos diferentes orixás que servem de foco para os poemas. Nestes, temos uma conexão entre a tradicional e a moderna cultura afro-brasileira. As epígrafes são o mito original e o poema, então, dialoga com o mito. Em algumas passagens, as imagens dos mitos originais são justapostas a imagens criadas, segundo Edimilson de Almeida Pereira, por meio da técnica surrealista. Como exemplo desse processo de "reinvenção" da cultura afro-brasileira, tomemos o poema "Amor":

> Iemanjá é, por definição, a mãe, a senhora das origens.

> ... Reina sobre 'todas as águas do mundo' doces e salgadas.
>
> ... deusa das águas primevas que são (...) 'fons et origo', matrizes de todas as possibilidades da existência.

> **AMOR**
>
> És a pura indagação de meus seios. Ainda que o céu se quebre não te condenarei. As águas, minhas filhas, abrem sete canoas, mas por elas não te perderás. Meu ventre respira a sabedoria dos peixes, este amor de algas nos olhos. Suplico-te não mais que a humildade das flores entregues à chuva.

A epígrafe apresenta o mito original, no caso desse poema, o orixá Iemanjá, que é cultuada no Brasil como o orixá das águas do mar. Sua figura é ligada à feminilidade, à beleza e à maternidade, por conseguinte, é considerado, também, o orixá da fertilidade. Sua representação espelha a função materna: mulher jovem e de seios salientes. O poema propriamente dito segue a epígrafe e pode ser interpretado como sendo a voz do orixá a conversar conosco, os homens: "as águas, minhas filhas", "meu ventre respira a sabedoria dos peixes", "És a pura indagação de meus seios". Percebemos que o poema de Edimilson é auto-explicativo, uma vez que as características dos orixás são apresentados na epígrafe. Temos, então, a abordagem da tradição religiosa afro-brasileira. Entretanto, o poema trabalha o mito, dando-lhe voz, permitindo-lhe dialogar com o leitor. Na relação epígrafe/poema, mito original/sua invenção encontramos toda a criatividade do poema e o trabalho do autor de "engolir a beleza dos mitos [...] para retorná-los ao mundo [...] com algum significado extra". O mesmo procedimento de criação/reinvenção se dá com os demais poemas do livro, como poder ser observado nos textos que foram selecionados para a publicação pela revista *Callaloo*.

O *Livro de falas* na revista *Callaloo*

A Universidade Johns Hopkins, em Baltimore, Maryland, nos Estados Unidos, por meio de sua editora, uma das maiores editoras universitárias do mundo e a mais antiga em operação nesse país, publica diversas revistas especializadas em várias áreas de concentração diferentes. Entre elas, está a revista *Callaloo*, publicada trimestralmente, dedicada aos estudos literários africanos e afro-americanos. Nela, encontramos obras originais de estudos críticos sobre a cultura negra de autores do mundo inteiro. A revista oferece uma mistura de ficção, poesia, peças, ensaios críticos, estudos culturais, entrevistas e arte visual. Ela tem circulação internacional, atraindo leitores de várias partes do globo, entre elas o Reino Unido, o Japão, a Austrália, a Nigéria, a África do Sul, o Caribe e o Brasil. Edições especiais sobre autores de Porto Rico e do Haiti receberam prêmios.

De acordo com informações disponíveis no *site* da Johns Hopkins University Press, a revista foi publicada pela primeira vez em 1976, na Southern University, em Baton Rouge, Louisiana, e foi inspirada por séries de oficinas sobre escrita criativa, conduzidas por Charles

H. Rowell. Naquela época, tinha como objetivo a publicação de trabalhos acadêmicos de autores negros da Southern que haviam emergido durante as décadas de 60 e 70 do século XX. Em 1977, a revista *Callaloo* transferiu-se para a Universidade de Kentucky e, algum tempo depois, para a Universidade da Virgínia, onde seu escopo expandiu-se consideravelmente além da sua ênfase inicial.

O surgimento da revista foi resultado do desenvolvimento de um novo campo de estudos – os estudos afro-americanos, que nasceu dos ideais propostos pelo projeto dos *Black Studies* e pelos estudos culturais. O objetivo dos estudos afro-americanos, segundo Mae Henderson e Wahneema Lubiano, é o de se reconhecer a formação dos Estados Unidos e de outras nações pela participação dos negros que reinterpretaram as condições de sobrevivência no mundo branco, influenciando a língua, a comida, os ritmos, os costumes e a religião. Da mesma forma, o objetivo da revista *Callaloo* é propiciar a inserção do indivíduo negro e suas produções culturais no contexto da academia, bem como o reconhecimento de suas especificidades, uma vez que "a sobrevivência física dos grupos minoritários depende do reconhecimento de suas culturas como viáveis" (Loyd *Apud* LUBIANO, 1996: 70).

Desde 1995, conforme promessa feita por seu editor, Charles H. Rowell, obra criativa de poetas afro-brasileiros vem sendo publicada com regularidade na *Callaloo*. Esses poetas foram escolhidos pelo seguinte critério, dentre outros: "poetas afro-brasileiros que reinventam as divindades associadas com os diversos grupos religiosos de base africana" (WHITE, 1997: 70). São também poetas que "reinventam o passado de forma nem fácil, nem inteiramente tradicional" (WHITE, 1997: 71). As obras escolhidas são trabalhos transgressores, que redefinem e reafirmam a importância da comunidade afro-brasileira e que aderem a uma característica marcante da identidade brasileira: a religiosidade. Portanto, por criar poemas pautados na reinvenção das tradições africanas, Edimilson de Almeida Pereira, através d'o *Livro de falas*, se fez presente entre os autores brasileiros publicados na *Callaloo*.

As traduções analisadas neste artigo se referem à primeira parte da obra e foram realizadas por Steven F. White, que trabalhou "intensivamente em Juiz de Fora em junho de 1994 na tradução " de todo o livro (WHITE, 1996: 44). Tal experiência possibilitou-lhe não só o convívio com a cultura afro-brasileira que permeia a obra, mas também lhe permitiu examinar a tradução com o próprio autor. As traduções foram publicadas na revista Callaloo, da Johns Hopkins University Press, em 1996. A respectiva publicação, além das traduções mencionadas, contém uma entrevista com Edimilson de Almeida Pereira, na qual ele fala sobre o processo de produçao do livro.

Ao analisarmos a obra como um todo, percebemos que, de fato, Steven F. White procurou manter as diferenças culturais, característica da tradução estrangeirizante defendida por Schleiermacher e Venuti. Para demonstrar a preferência de White por procedimentos estrangeirizantes de tradução, tomemos alguns exemplos. Na passagem de uma língua para outra, até mesmo por questões fonológicas, alguns vocábulos acabam por sofrer alterações: "knock out" > "nocaute"; "river Thames" > "rio Tâmisa". Tal fenômeno também ocorre com as grafias das entidades iorubás. Os orixás, que no português são representados por "Exu", "Xangô" e "Oxum", em inglês são grafados como "Eshu", "Shango" e "Oshum", respectivamente. White (1996: 33), entretanto, optou por manter a grafia da língua estrangeira, não adotando a grafia inglesa. Para efeitos de exemplificação, podemos citar o poema "Visitação". Na última estrofe temos:

> Exu se manifesta em tudo aquilo que vem em primeiro lugar
> Exu manifests himself in all things that come first

No poema "Mau-olhado" é usado o vocábulo "Mestressala". O termo é bastante comum na cultura brasileira, mas não faz parte do contexto norte-americano. White (1996: 37), no entanto, não traduziu o termo, deixando-o na língua de origem. Além disso, preferiu utilizar uma nota de pé de página: "Mestressala is the principal male dancer who accompanies the female flag bearer in a samba school" ("Mestressala é o principal dançarino que acompanha a porta-bandeira em uma escola de samba"). Logo, não houve, pelo menos em termos culturais, a intenção de se domesticar o conteúdo, procurando-se algo que pudesse, na cultura norte-americana, de alguma forma produzir o efeito que o termo tem na cultura brasileira. Ao contrário, o objetivo do tradutor parece ter sido o de introduzir o termo no universo norte-americano, evidenciando o contraste cultural existente entre o contexto-fonte e o contexto-meta. O uso da nota do tradutor constitui um recurso pouco poético, mas enfatiza a sua preocupação em ser estrangeirizante em termos culturais.

Na tradução da epígrafe do mesmo poema, White optou pela manutenção da imagem do "coco do dendezeiro" ("coconut of the dendê palm"). Tal procedimento também é indicativo de um processo tradutório estrangeirizante, uma vez que o dendê é ingrediente bastante utilizado na cozinha dos indivíduos afro-brasileiros, mas não faz parte da cultura norte-americana.

Embora o contexto que cerca a tradução para o inglês d'o Livro de falas determine uma tradução estrangeirizante, não podemos esquecer que "a tradução é uma inevitável domesticação" (VENUTI, 1998: 174). Sendo assim, por mais que o tradutor queira manter as diferenças, está imbuído de valores culturais, sociais e lingüísticos que certamente irão influenciar o seu trabalho. No caso das traduções estudadas, a domesticação tem seu lugar no que diz respeito às estruturas lingüísticas. Muitas das escolhas do tradutor – como no que tange à ordem das palavras na frase, por exemplo – foram realizadas devido à exigência da língua inglesa. Como exemplo desse processo, podemos citar a epígrafe que precede o poema "Emissários" (WHITE, 1996: 34). No texto em português, o pronome pessoal é suprimido. Isso acontece porque a língua portuguesa possui desinências número-pessoais que identificam o sujeito da ação. No caso da língua inglesa, entretanto, a elipse não é possível, ocorrendo a exigência da colocação explícita do pronome pessoal "he" antes do verbo:

> É múltiplo e indômito...
> He is multiple and cannot be tamed

Na segunda epígrafe do poema "Visitação", temos outro exemplo significativo. No texto-fonte há uma inversão da posição do sujeito da sentença, que aparece no final da oração devido a questões de efeito poético. Em sua tradução, porém, White (1996: 33) preferiu colocar o sujeito antes do verbo, no intuito, ao que parece, de obedecer a uma ordem mais natural dos elementos da sentença em inglês:

> ... da lama e das águas primordiais surgiu um montículo de laterita vermelha...
> ... a hill of red laterite came forth from the mud and primordial waters...

A domesticação, além de operar por meio das escolhas lexicais realizadas pelo tradutor, também ocorre a partir da interpretação que ele faz do texto-fonte. Ainda em "Visitação" (WHITE, 1996: 33), o tradutor preferiu não usar o verbo "to prostate (oneself)" para traduzir "prostrar", optando por explicar o termo. No mesmo trecho, modificou o texto-fonte, no qual a palavra "indagações" não vinha precedida por "todas":

> O cavalo das indagações me prostrará.
> The horse of all questioning will bend my body to the ground.

Ainda no mesmo poema temos:

O cavalo sou eu...
I am the horse...

No texto-fonte, o autor evidenciou o animal, colocando o vocábulo "cavalo" como sujeito da oração (Note-se que na linguagem ritual dos cultos afro-brasileiros "cavalo" é também o devoto que incorpora, o "santo"). White preferiu mudar a ordem dos elementos na frase, optando por usar o termo como predicativo do sujeito. Embora fosse possível a construção "The horse is me", White escolheu outra solução que, ao que parece, achou fluir mais naturalmente na língua-meta.

Em síntese, observamos que a tradução realizada por Steven F. White é domesticante no que tange às estruturas lingüísticas, até mesmo em função da própria língua-meta; contudo, é estrangeirizante no que se refere às características culturais do texto-fonte. A manutenção das diferenças entre a cultura-fonte e cultura-meta no decorrer do processo tradutório, aliada à escolha da poética de Edimilson de Almeida Pereira, cuja temática aborda outras características do universo brasileiro que não as já cristalizadas no contexto norte-americano, leva-nos a concluir que as traduções aqui estudadas contribuem para a construção de uma imagem para o Brasil menos estereotipada e mais abrangente.

A abordagem das especificidades pertencentes à cultura estrangeira no contexto da tradução, característica de uma tradução estrangeirizante, aliada a uma escolha de autores que possam compreender vários aspectos de uma mesma cultura, constitui a esperança de uma forma de representação mais ampla e menos preconceituosa da identidade cultural do país de onde provém o texto traduzido.

Giovana Cordeiro Campos

Referências bibliográficas

AUGRAS, Monique. *O duplo e a metamorfose: a identidade mítica em comunidades nagô*. Petrópolis: vozes, 1983.

BASSNETT, Susan. "From comparative literature to translation studies". In: *Comparative Literature: a critical introduction*. Oxford, UK, Cambridge, USA: Blackwell, 1993.

BERKENBROCK, Volney J.. *A experiência dos orixás: um estudo sobre a experiência religiosa no Candomblé*. Petrópolis: Vozes, 1997.

CAMPOS, Augusto de. *Verso, reverso, controverso*. 2 ed. rev.. São Paulo: Perspectiva, 1978.

CAMPOS, Haroldo de. *Deus e o Diabo no Fausto de Goethe*. São Paulo: Perspectiva, 1981.

EAGLETON, Terry. *Teoria da literatura*. Trad. Waltensir Dutra. São Paulo: Martins Fontes, 2001.

FAGUNDES, Juliana Soares. "Tenda dos Milagres/ Tent of Miracles: a tradução como um processo de mediação cultural". Monografia (Bacharelado em Letras: Ênfase em Tradução – Inglês). Juiz de Fora: Universidade Federal de Juiz de Fora/ Instituto de Ciências Humanas e de Letras, mimeografado, 2001.

HERMANS, Theo. "Translation Studies and a New Paradigm". In: *The manipulation of literature: studies in literary translation*. London & Sydney: Croom Helm, 1985.

LEFEVERE, André. "Prewrite". In: *Translation, rewriting and the manipulation of literaty fame*. London, New York: Routledge, 1992a.

LEFEVERE, André. "The system: patronage". In: *Translation, rewriting and the manipulation of literaty fame*. London, New York: Routledge, 1992b.

LUBIANO, Wahneema. “Mapping the interstices between Afro-American cultural discourse and cultural studies: a prolegomenon”. In: *Callaloo*. Baltimore: Johns Hopkins University Press, 1996.

OLIVEIRA, Maria Clara Castellões de. “O pensamento tradutório judaico: Franz Rosenzweig em diálogo com Benjamin, Derrida e Haroldo de Campos”. Tese (Doutorado em Letras: Estudos Literários). Juiz de Fora: Universidade Federal de Minas Gerais/ Faculdade de Letras, mimeografado, 2000.

PEREIRA, Edimilson de Almeida. *O livro de falas*. Juiz de Fora: Edição do Autor, 1987.

RIBEIRO, Luís Filipe. *Geometrias do imaginário*. 2 ed.. Rio de Janeiro: RBL, 2001.

SCHLEIERMACHER, Friedrich. “From on the Different Methods of Translating“. In: SCHULTE, Rainer; BIGUENET, John. *Theories of translation: an anthology of essays from Dryden to Derrida*. The University of Chicago Press, 1992.

VENUTI, Lawrence. “A tradução e a formação de identidades culturais”. In: SIGNORINI, Inês (org.). *Lingua(gem) e identidade: elementos para discussão no campo aplicado*. Campinas: Fapesp/ Unicamp/ Mercado das Letras, 1998.

VENUTI, Lawrence. “Invisibility”. In: *Translator's invisibility: a history of translation*. New York: Routledge, 1995.

VIEIRA, Else. “Fragmentos de uma história de travessias: tradução e (re)criação na pós-modernidade brasileira e hispano-americana”. In: *Revista de Estudos da Literatura*. Belo Horizonte: Universidade Federal de Minas Gerais, v. 4, out. 1996.

WHITE, Steven F.. “ivro de falas (Book of voices); An interview of Edimilson de Almeida Pereira”. In: *Callaloo*. Baltimore: Johns Hopkins University Press, 1996.

WHITE, Steven F.. “Reinventing a sacred past in contemporary Afro-Brazilian poetry: an Introduction”. In: *Callaloo*. Johns Hopkins University Press, 1997.

LIVRO DE FALAS [BOOK OF VOICES] AND POWER GAMES IN TRANSLATION

This article proposes to analyze the English translation of Edimilson de Almeida Pereira's *Livro de falas* [Book of Voices] (1987) through a cultural prism. To study its English translation – with an understanding of the precepts of translation as a process of cultural mediation as well as one of the elements responsible for the formation of cultural identities and concepts such as rewriting, manipulating, patronage, domestication and foreignization – represents the possibility of increasing the audibility of the author's voice in the Brazilian context.

Rewriting, manipulation, patronage

Terry Eagleton in the introduction of his book *Literary Theory* (1983) discusses the many difficulties in achieving a precise definition of literature. He states that we read literary works under our own personal concepts and beliefs, i.e., "in the light of our own concerns" (EAGLETON, 1983: 12). Hence, a contemporary reader does not read Homer or Shakespeare in the same way someone would read it in the Middle Ages simply because the socio-historic conditions are not the same. Such reasoning leads Eagleton (1983:12) to affirm:

> All literary works […] are 'rewritten', if only unconsciously, by the societies which read them; indeed there is no reading of a work which is not also a 're-writing'. No work, and no current evaluation of it, can simply be extended to new groups of people without being changed, perhaps almost unrecognizably in the process.

Such an observation can be extended to translation studies. Every translation can also be understood as a rewriting process. In the first place, the translation act begins with the reading of the text. The translator is first of all a reader like any other whose interpretation will be, to a certain extent, conditioned by the values of his society – values which can be veiled, "unconscious," and even then conditioning. Secondly, translation can be understood as an act of "extending the text to new groups of people," a text which written in the source language cannot be understood in the context of the target language. Hence, every translation constitutes an act of reading and writing again – or, as André Lefevere puts it, a rewriting. Lefevere adds:

> rewriting, be it in the form of criticism or of translation (and, I might add, of historiography and anthologization), turns out to be a very important strategy which guardians of a literature use to adapt what is 'foreign' (in time and/or geographical location) to the norms of the receiving culture. As such, rewriting plays a highly important part in the development of literary systems. (Lefevere Apud BASSNETT, 1993: 147-148).

The term "rewriting," applied to the context of translation, was coined by Lefevere as a response to the term "manipulation" used by Theo Hermans (1985: 11) when the former stated "from the point of view of the target literature, all translation implies a degree of manipulation of the source text for a certain purpose." Since the translator's objective is to convey a text in a foreign language, the source text will be unavoidably handled, altered and manipulated; for the text will only be effective if the foreign text becomes intelligible in a domestic form, i.e., "when the reader recognizes himself or herself in the translation by identifying the domestic values that motivated the selection of that particular foreign text, and that are inscribed in it through a particular discursive strategy" (VENUTI, 1998: 77).

André Lefevere's (1992:14) approach on the issue of patronage is a development on the study of translation as a process of manipulation and rewriting. The author understands culture and society as the environment of a literary system. In so being, the various systems which belong to the social system are open and influence each other. According to Lefevere, the so-called patronage can be understood as the powers (institutions, persons, political parties, social classes, publishers and media) which determine what will be accepted or rejected in terms of literature, thus controlling the inside parameters from outside. Patrons try to regulate the relationship between the literary system and the other systems, which together form a society and a culture. They cannot regulate the writing of literature as such, but they control its distribution

(LEFEVERE, 1992b: 15). The issue of patronage has direct present consequences – literature admitted to the canon is much more easily accessible than non-canonized literature. And this applies not only to a specific author, but to different works by the same author.

Professionals linked to rewriting – and among them we can include the translator – are directly connected to "the ideology of patrons dominating that phase in the history of the social system in which the literary system is embedded" (LEFEVERE, 1992b: 15). A translation is a job that is made to order and which consequently involves acceptance of patronage. Patronage is hence intimately connected to the question of ideology. Acceptance of patronage implies that writers and rewriters (hence, translators) will work within the parameters set by those who delegate authority to these professionals: the patrons. Even an independent professional will be subjected to ideological issues on account of being an element conditioned by a specific time and place. This question becomes more noticeable if we think of texts as products. Luis Filipe Ribeiro (2001:198) in *Geometrias do imaginário* [Geometries of the imaginary] argues:

> The text is first and foremost a product. It is born from human labor; it is its eloquent concrete evidence. An evidence of the individual creative effort, of the social conditionings, the cultural dimensions, the economic conditions, the ethical conflicts and political contradictions that shape the space in which it was engendered and published. In this way, its reading and

> understanding require the extraction of traces of this totality from its network of signs. Otherwise it will remain confined as a jig-saw puzzle divested of the significations that make it part of the cultural legacy we have inherited.

Ribeiro (2001b: 198) further states that literature is a "living social institution," which "needs to be understood as a process. A process which is historical, political and philosophical, semiotic and linguistic, individual and social." The same can be claimed with regard to translation. The target-text, in the same way as the source-text, consists of a product which is directly dependent on the social, economical and cultural conditions of the period in which it was produced. Therefore, the translator will take into consideration not only the characteristics of the source-text but also the objectives that will determine its reading and production and consequently the manner through which he will complete his task. Being the translator a unique individual informed by his personal experiences, his production will be also conditioned by his "individual creation."

Domestication and foreignization

The role of the translator is essentially to "communicate" a source-text to a target-context. As already mentioned, the translator is, in his first instance, a reader; therefore, all his translating process will be initially guided by his interpretation of the source-text. As any other human-being, he will be conditioned by the socio-historic conditions of the place and time in which he lives, and his interpretation will be strongly influenced by these conditions. Besides, as previously discussed, each and every translation is a job performed as requested by a patron, who will evidently exercise a degree of influence in the manner in which the source-text will be translated into the target-context. Hence, many are the factors determining the translation process. According to Lawrence Venuti (1995) the translating act can be guided by two fundamental and opposing principles: the domesticating method and the foreignizing method – recovering terms which had already been used by Friedrich Schleiermacher (1992).

Domestication consists of the production of a text which seems fluent in the target-language, with the consequent erasing of linguistic and cultural differences of the source-text as it is transferred to the target-context. It implies what has been termed the invisibility of the translator. According to Venuti (1995:8), the translator's invisibility is "a weird self-annihilation, a way of conceiving and practicing translation that undoubtedly reinforces its marginal status." When a translator opts for this road, his goal is that of "leaving the reader in peace," by not hindering the fluidity of the reading.

Foreignization consists of maintaining the cultural differences between the source and target cultures, i.e., importing the linguistic and cultural patterns from the source language. Both Venuti and Schleiermacher endorse this method as the most pertinent, since foreignized translation not only gives visibility to the translator and places greater value at his work, but also allows for an interchange between source and target cultures. According to Venuti (1995:20), the foreignized translation can be seen as "a form of resistance against ethnocentrism and racism, cultural narcissism and imperialism, in the interests of the democratic geopolitical relations." When a translator opts for this method he is automatically "sending the reader abroad" (VENUTI, 1995: 20), i.e., he doesn't produce the illusion of a transparent source-culture, but rather, a manifestation of divergent values which may in turn lead to a discussion of values which pertain to the target-language culture.

Since the translation process is an act of transposition, not only linguistic but also cultural, domestic cultural values end up being inserted in the text in this process of transposition. Therefore, translation "inevitably domesticates foreign texts, inscribing them with linguistic and cultural values that are intelligible to specific domestic constituencies. This process of inscription operates at every stage in the production, circulation, and reception of the translation" (VENUTI, 1998: 67). According to Venuti (1998: 67) such process begins with the choice of the text to be translated, which represents the exclusion of various other texts; it is then followed by the choice of translation strategies which will guide the rewriting and grant privilege to certain values as opposed to others; and it concludes with questions concerning the manners in which the translated text will be published, read, criticized and taught.

Livro de falas [Book of Voices] and the reinvention of the past

The universe portrayed by Edimilson de Almeida Pereira in *Livro de falas* is Afro-Brazilian: its rituals, deities and myths. According to the author in an interview with Steven White (1996: 45), he "felt the necessity to internalize, or to swallow the beauty of the myths and then to return them to the world [...] with some extra meaning." This metaphor of digestion alludes to the antropophagic ideal of the 1922 Modernist Movement in Brazil which spoke against copying foreign literary models, and instead advocated employing from them what was considered useful in the production of something new.

When the brothers Augusto and Haroldo de Campos proposed their theory of translation in the 1970s, they also analyzed translation under an antropophagic perspective. For Augusto de Campos translation is an antropophagic act where the translator declares his reverence to the authors of the originals with which he works: "My way of loving them is to translate them. Or to swallow them according to Oswald de Andrade's Antropophagic Law" (CAMPOS, A., 1978). Based on Augusto de Campos' notion, translation may be understood as a process of re-creation in which "the question of a rereading and reevaluation of the past emerges vigorously" (VIEIRA, 1996: 73); i.e., when a source-text is translated, it is read, criticized, and then transformed so as to be taken to a target-context. In this way, consistent with Else Vieira's Benjaminian reading of translation (1996: 70), texts are broken and reconstituted, while a translator/transformer mediates an interchange between source and cultures. Therefore, "translation[...] does not try to reproduce the original form [...] but attempts to appropriate itself of the best contemporary poetry and use the enduring local tradition" (VIEIRA, 1996: 77). This line of thought has led Haroldo de Campos (1981) to define his concept of *plagiotropia* [plagiotropic, in English] which consists in the translation of tradition.

Since the standpoint taken by Edimilson de Almeida Pereira on *Livro de falas* is that of reinventing the Afro-Brazilian past and redifining/reaffirming the Afro-Brazilian culture and community in a non-traditional, specific, even trangressive manner, we could consider him a "translator of traditions" – expression used by Maria Clara Castellões de Oliveira (2000) in reference to the translation practice of Haroldo de Campos and other writers, of Jewish origin or not, who following the practice of ancient Rabbis [Midrashistas], create their texts out of their unending interpretations of traditions which are meaningful to them.

Livro de falas is a compilation of dialogues with myths that form the basis of Afro-Brazilian Candomblé religion. The basic elements of Candomblé theology originate in the Yoruba tradition. The Yoruba region in Africa is considered as the place of origin of many enslaved Africans brought to Brazil from the end of the 18th century to the beginning of the 19th century; it is, therefore, a region of origin of many Brazilian cultural characteristics. The largest concentration of enslaved Yorubas was in the city of Salvador, hence the great influence of their traditions in the dance, music and rituals of Bahia. The religion of the orishas was brought to Brazil by the enslaved Yorubas. Orishas are mediators between Olorun, the supreme god, and human beings. Unlike the Christian saints, these Candomblé deities have characteristics which are quite human, such as vanity, jealousy, etc., and a unique personality. Every aspect of their personality is associated to elements of nature and culture: fire, water, iron tools, forests, etc.

It was during the 19th century that the Afro-Brazilian religions became organized. Since the beginning of the institution of slavery in Brazil, these religions established a relation to Catholicism through syncretism. In order to keep their traditions and avoid the intense repression of Portuguese colonizers, who understood these as witchcraft, Blacks started syncretically associating orishas to Catholic saints. In this way, according to the syncretism of Bahia, Ogun is identified with Saint Anthony or Saint Jerome; Oshosi with Saint George; Shango with Saint Jerome or Saint Peter; Oya Yansa with Saint Barbara, etc. Volney J. Berkenbrock (1997: 179), in *A experiência dos orixás: um estudo sobre a experiência religiosa no Candomblé* [Orisha experience: a study of the Candomblé religious experience], states:

> if we keep in mind the conditions under which this tradition arrived in Brazil, it is impossible not to be amazed by its high level of resiliency. Furthermore, it assimilated, almost entirely,

> other traditions that bore similarities [...] which indicates that Candomblé religion is a synthesis of different African cults.

According to the reading of Juliana Soares Fagundes (2001), the process through which Africans strove to keep their traditions alive can also be understood as a translation process. Berkenbrock analyses a relevant issue involved in the process of religious syncretism – here understood as a translation process – that of Africans in Brazil becoming Afro-Brazilians:

> Africans in Brazil knew two traditions (African and Christian) as separate religions. Their tendency was to put elements of both religions side by side without linking their contents. Africans born in Brazil, on the other hand, were not introduced to these religions (African and Christian) separately. Their tendency was to establish identification between both religious systems. For the subsequent generations of Afro-Brazilians, the borderline between the religious systems became increasingly diffuse. Furthermore, the process of syncretism was propelled by the gaps which emerged in the African religious traditions when these were transplanted into Brazil. It was precisely these gaps that caused new synthesis and new necessities. (BERKENBROCK, 1997: 133)

In the process of syncretism, the number of orishas that survived in Brazil is lower than in their place of origin, Africa, where the number of orishas worshipped by the Yorubas is significantly higher. In the Yoruba tradition the orishas were classified as right sided (males, around 400) and left sided (females, around 200). In the transposition to the Brazilian context this number was reduced to sixteen.

Livro de falas (1987) is divided into three sections. In the first section, each poem opens up with an epigraph taken from Monique Augras' study entitled *O duplo e a metamorfose: a identidade mítica em comunidades nagô* [The double and metamorphosis: mythic identity in Yoruba-Brazilian communities] (1983). The epigraphs work as introductions to the different orishas on whom the poems focus. In these poems we have a connection between traditional and modern Afro-Brazilian culture. The epigraphs are the original myth and the poem, on its turn, dialogues with the myth. In some passages images of original myths are juxtaposed to created images through a technique which Edimilson de Almeida Pereira identifies as surrealist. As an example of this process of "reinvention" we can look at the poem "Amor" [Love]:

> "Yemanjá, by definition, the mother, the lady
> of origins.
> … She rules over 'all waters of the world', be
> they fresh or salty.
> … goddess of primeval waters that are (…)
> 'fons et origo, matrixes
> of all the possibilities of experience.' "

LOVE

You are the pure questioning of my breasts.
Even if the sky were to break, I will not

> condemn you. The waters, my daughters, open seven canoes. But you will not be lost because of them. My womb breathes the wisdom of the fish, this love of algae in the eyes.

The epigraph introduces the original myth of orisha Yemanja, worshipped in Brazil as the orisha of seawater. Her image is connected to femininity, beauty, maternity and, consequently, fertility. Her representation mirrors the motherly role: a young woman with prominent breasts. The poem in itself follows the epigraph and may be understood as the voice of the orisha talking to us, humans: "The waters, <u>my</u> daughters;" "<u>My</u> womb breathes the wisdom of the fish;" "You are the purest quest of <u>my</u> breasts." We realize that Edimilson's poem is self-explanatory following the characteristics of the orisha introduced in the epigraph. What we have then is an approach to the Afro-Brazilian religious tradition. The poem, however, works the myth and gives it voice, allowing it to dialogue with the reader. In the relations between the epigraph and the poem, the original myth and its reinvention, what we find is all the creativity of the poem and the task of the poet to "swallow the beauty of the myths [...] to return them to the world [...] with some extra meaning." The same procedure of creation/reinvention takes place in all poems of this book, as can be observed in the texts which were selected to be published in the *Callaloo* journal.

Livro de falas [Book of Voices] in *Callaloo*

The Johns Hopkins University Press (Baltimore, Maryland, USA) – one of the largest university presses of the world and the oldest continuously operating press of the country – publishes a numbers of journals in many different specialized areas. Among these is the journal *Callaloo*, a quarterly publication, devoted to critical studies of Black writers in the Americas and Africa. In this journal we find original works and critical studies of Black cultures and writers worldwide. The journal offers a mixture of fiction, poetry, plays, critical essays, cultural studies, interviews, and visual art. It has an international circulation and attracts readers from various parts of the world, such as the United Kingdom, Japan, Australia, Nigeria, South Africa, the Caribbean and Brazil. Special issues on Puerto Rican and Haitian writers received awards.

According to information available at the site of The Johns Hopkins University Press, *Callaloo* was first published in 1976 at Southern University (Baton Rouge, Louisiana) inspired (and supported) by creative writing workshops organized by Charles H. Rowell. In those days, the goal of the journal was to publish Blacks authors from the Southern USA who were writing in the 1960s and early 1970s. In 1977, *Callaloo* moved to the University of Kentucky, and from there to the University of Virginia where its scope expanded considerably beyond its initial phase.

The emergence of the journal was the result of the development of a new field of study, namely Afro-American Studies, born from ideals proposed by Black Studies and Cultural Studies. According to Mae Henderson and Wahneema Lubiano the objective of Afro-American Studies is that of recognizing in the formation of the United States and other nations the participation of Blacks who reinterpreted their living conditions in the midst of a white civilization, influencing languages, diets, rhythms, habits and religion. On the same token, the objective of *Callaloo* is to provide a literary space for Black writers and their cultural productions, recognizing their specificities, once "physical survival of minority groups depends on the recognition of their cultures as viable" (JanMohamed and Loyd *Apud* LUBIANO, 1996: 70).

Since 1995, following a promise made by its editor Charles H. Rowell, creative work of Afro-Brazilian poets has been regularly published in *Callaloo*. These poets have been selected according to some of the following criteria: "African-Brazilian poets that reinvent the divinities associated with Brazil's diverse African-based religious groups" (WHITE, 1997: 70); and poets who also seek "to reinvent the past in ways that are neither facile, predictable, nor entirely traditional" (WHITE, 1997: 71). The selected pieces are "transgressor-works that both redefine and reassert the importance of [Afro-Brazilian] community" (WHITE, 1997: 71) as well as adhere to a marked characteristic of Brazilian identity: religiosity. Among the Brazilian authors published in *Callaloo*, Edimilson de Almeida Pereira was selected for creating poems, such as those of *Livro de falas*, grounded on the reinvention of African traditions.

The translations analyzed in this article refer to the first section of *Livro de falas*. The translator, Steven F. White, worked "intensively in Juiz de Fora in June 1994 on [his] translation of *Livro de falas* in its entirety"

(WHITE, 1996: 44). Such experience has made possible not only a closer contact with the Afro-Brazilian culture that permeates Edimilson de Almeida Pereira's work, but also an analysis of the translated text with the author himself. The translations were published in The Johns Hopkins University Press journal *Callaloo* in 1996. The publication included an interview with Edimilson de Almeida Pereira in which he discusses the process involved in the production of this work.

Analyzing the work as a whole we perceive that Steven F. White has in fact striven to keep the cultural differences characteristic of the foreignized translation method defended by Schleiermacher and Venuti. In order to demonstrate White's translation preferences, some examples may be offered. In the passage of one language to another, some words end up undergoing alterations (at times due to phonologic reasons): *knock out* → "nocaute"; *River Thames* → "rio Tâmisa". Such phenomenon also takes place in the spelling of the Yoruba deities. The *orixás* [orishas], which in Portuguese are represented by the words "Exu," "Xangô" and "Oxum," in English are written as "Eshu," "Sango" and "Oshun," respectively. White (1996:33), however, has opted to keep the foreign language spelling discarding the English one. As an example we can quote the last verse from the poem "*Visitação*" ["Visitation"]:

> <u>Exu</u> manifests himself in all things that come first
> *<u>Exu</u> se manifesta em tudo aquilo que vem em primeiro lugar*

In the poem "*Mau-olhado*" ["Evil Eye"] the word "*mestressala*" is used. Although the term is quite common in Brazilian culture it is not part of the North American context. Nonetheless, White did not translate the term but kept it in the source language. Furthermore he preferred to include a footnote stating: "*mestressala* is the principal male dancer who accompanies the female flag bearer in a samba school." Hence, there has been no intention, at least in cultural terms, of domesticating the content in a search for some North American cultural element which could, to some degree, reproduce its effect in Brazilian culture. To the contrary, the translator's aim seems to have been that of introducing the term into the North American universe, emphasizing the cultural contrast between the source-context and the target-context. The use of the translator's note is not a very poetic device, but it emphasizes his concern in being culturally "foreignizing."

When translating the epigraph of the same poem, White has chosen to keep the image of a "coconut of the *dendê* palm" [rather than "palm oil tree"]. Such procedure is also indicative of a foreignized translation process, once the palm oil is an ingredient largely employed in Afro-Brazilian dishes, but which does have an equivalent presence in the North American culture.

Even though the context surrounding the English translation of *Livro de Falas* determines a foreignized translation, we can not ignore that translation is an inevitable domestication (VENUTI, 1998: 67). In so being, regardless of the efforts in keeping the differences, the translator is imbued of cultural, social and linguistic values which will inevitably influence his work. In the case of the translations presently analyzed, domestication takes place in that which regards linguistic structures. Many of the translator choices – as for instance concerning the word order in a phrase – were done on account of demands of the English language. To exemplify this process we can quote the epigraph which precedes the poem "Emissários" ["Emissaries"] (WHITE, 1996: 34).

In the text in Portuguese the personal pronoun is suppressed. This happens because in Portuguese personal pronouns have inflections for person and number which identify the subject of the action. In English, however, the ellipse is not possible, and the explicit usage of the personal pronoun "he" before the verb becomes necessary:

> <u>He</u> <u>is</u> multiple and cannot be tamed
> *<u>É</u> múltiplo e indômito...*

In the second epigraph of the poem "Visitação" ["Visitation"] we have another meaningful example. In the source-text there is an inversion in the position of the subject in the sentence, which appears towards the end for poetic effect. White, however, preferred to place the subject before the verb in his translation (1996: 33) with the apparent intent of following a sentence structure which is more natural in English:

> ... <u>a</u> <u>hill</u> <u>of</u> <u>red</u> <u>laterite</u> came forth from the mud and primordial waters...
> ... da lama e das águas primordiais surgiu <u>um</u> <u>montículo</u> <u>de</u> <u>laterita</u> <u>vermelha...</u>

Domestication takes place not only in the lexical choices performed by the translator but also in his interpretation of the source-text. Still in "Visitação" ["Visitation"] (WHITE, 1996: 33), the translator preferred not to use the verb "to prostate (oneself)" when translating the Portuguese "prostrar," he rather chose to explain the term. In the same excerpt he modified the source-text in which the word "indagações" ["questionings," "quests," "inquiries"] was not preceded by "todas" ["all']:

> The horse of <u>all</u> questioning will <u>bend</u> <u>my</u> <u>body</u> <u>to</u> <u>the</u> <u>ground</u>.
> O cavalo das indagações me prostrará.

Still in the same poem we have:

> I am <u>the</u> <u>horse</u>...
> <u>O</u> <u>cavalo</u> sou eu...

In the source-text the author has put the animal in evidence using "cavalo" ["horse"] as the subject of the phrase. (Note that in AfroBrazilian ritual language "*cavalo*" is also the devotee who embodies the "saint"). White preferred to change order of the elements in the sentence opting to use the term as predicate of the subject. Although the construction *"The horse is me"* would have also been possible, White has chosen another solution, which he seems to have felt would be more fluent in the target-language.

In summary, we have observed that the translation performed by Steven F. White is domesticating in so far as linguistic structures are concerned (even in terms of the target-language itself); however it is foreignizing in what concerns the cultural characteristics of the source-text. The keeping of differences between source and target cultures during the translation process, as well as the selection of the poetics of Edimilson de Almeida Pereira (whose thematic involves other characteristics of the Brazilian universe which have not yet been crystallized in the North American context), lead us to conclude that the translations here analyzed contribute to the construction of a less stereotypical and more inclusive image of Brazil.

The selection of authors capable of including various aspects of a foreign culture, as well approaching the specificities of this culture in a translation context (a characteristic of a foreignized translation) constitutes the hope in a wider and less prejudiced representation of the national cultural identity from which the translated text emanates.

Giovana Cordeiro Campos
Translated by Ísis McElroy

References

BASSNETT, Susan. "From comparative literature to translation studies". In: ___. *Comparative literature: a critical introduction*. Oxford, UK, Cambridge, USA: Blackwell, 1993. p. 138-161.

BERKENBROCK Volney J..*A Experiência dos Orixás: um estudo sobre a experiência religiosa no Candomblé*. Petrópolis, RJ: Vozes, 1997.

CAMPOS, Augusto. *Verso, reverso, controverso*. 2ed. rev. São Paulo: Perspectiva, 1978.

CAMPOS, Haroldo de. *Deus e o diabo no Fausto de Goethe*. São Paulo: Perspectiva, 1981.

EAGLETON, Terry. *Literary Theory: an introduction*. Univ of Minnesota, 1983.

HERMANS, Theo. "Translation Studies and a New Paradigm". In: ___. *The manipulation of literature: studies in literary translation*. London & Sydney: Croom Helm, 1985. p.7-15.

LEFEVERE, André. "The system: patronage". In: ___. *Translation, rewriting and the manipulation of the literary fame*. London, New York: Routledge, 1992. p.11-25.

LUBIANO, Wahneema. "Mapping the interstices between Afro-American cultural discourse and cultural studies: a prolegomenon". *Callaloo*. Baltimore: Johns Hopkins University Press, 1996. p. 68-77.

OLIVEIRA, Maria Clara Castellões de. *O pensamento tradutório judaico: Franz Rosenzweig em diálogo com Benjamim, Derrida e Haroldo de Campos*. 2000 – Tese de Doutorado, UFMG.

PEREIRA, Edimilson de Almeida. *O livro de falas ou kalunbungu: achados da emoção inicial*. Juiz de Fora: Edição do autor, 1987.

_____. From *O Livro de Falas (*Book of Voices). Translated by Steven F. White. *Callaloo*. Baltimore: Johns Hopkins University Press, 1996. p. 33-43

_____. "An interview with Edimilson de Almeida Pereira". *Callaloo*. Baltimore: Johns Hopkins University Press, 1996. Entrevista concedida a Steven F. White. p. 44-54.

RIBEIRO, Luis Filipe. *Geometrias do imaginário*. 2 ed. Rio de Janeiro: RBL, 2001.

SCHLEIERMACHER, Friedrich. "From On the Different Methods of Translating". In: SCHULTE, Rainer; BIGUENET, John. *Theories of translation: an anthology of essays from Dryden to Derrida*. The University of Chicago Press, 1992. p. 36-54.

VENUTI, Lawrence. *The Scandals of Translation: towards an ethics of difference*. London: Routledge, 1998.

VIEIRA, Else Ribeiro. *Por uma teoria pós-moderna na tradução.* 1992. 265p. – Tese de Doutorado, UFMG.
WHITE, Steven F.. "Reinventing a sacred past in contemporary Afro-Brazilian poetry: an introduction". *Callaloo.* Baltimore: Johns Hopkins University Press, 1997. p.69-82.

Internet

JOHNS HOPKINS UNIVERSITY PRESS
<http://www.jstor.org/journals/jhup.htmil>
<http://www.press.jhu.edu/press/indez.html>
<http://www.press.jhu.edu/press/about.htm>
Acessed in April, 2001.

O AUTOR/ THE AUTHOR

Edimilson de Almeida Pereira (1963) vive em Juiz de Fora, MG. É autor de vários livros, dentre os quais, *Zeosório blues*, *Lugares ares*, *Casa da palavra* e *As coisas arcas* (2003, poesia); *Os tambores estão frios: herança cultural e sincretismo religioso no ritual de Candombe* (ensaio, 2005) e *Malungos na escola: questões sobre culturas afrodescendentes e educação* (ensaio, 2007). É professor de Literatura Portuguesa na Universidade Federal de Juiz de Fora.

Edimilson de Almeida Pereira (1963) lives in Juiz de Fora, in the state of Minas Gerais, Brasil. Author of several books, his most recent volumes include *Zeosório blues, Lugares ares, Casa da palavra* e *As coisas arcas* (2003, poetry); *Os tambores estão frios: herança cultural e sincretismo religioso no ritual de Candombe* (2005) and *Malungos na escola: questões sobre culturas afrodescendentes e educação* (2007), studies of Brazilian culture. He teaches Portuguese Literature at the Federal University in Juiz de Fora.

E-mail: blues@powerline.com.br

ÍNDICE/ CONTENTS

Livro de falas / Book of voices

Imagens/Pictures
Antônio Sérgio Moreira
p. 14: Exu; p. 82: Oyá; p. 128: Oxalá

Traduzido por / Translated by
Steven White

Revisão / Revision
Prisca Agustoni

Todas as epígrafes do *Livro de falas* foram extraídas de:
All the epigraphs of *Book of voices* have been extracted from:
AUGRAS, Monique. *O duplo e a metamorfose: a identidade mítica em comunidades nagô*. Petrópolis: Vozes, 1983.

Agradecimentos a/ Special Thanks to:
Ísis McElroy
Monique Augras
Niyi Afolabi

Pereira, Edimilson de Almeida.
P4391 Livro de falas = Book of voices / Edimilson de Almeida Pereira; imagens: Antônio Sérgio Moreira; tradução: Steven White. – Juiz de Fora: Funalfa; Belo Horizonte: Mazza Edições, 2008.

136 p.

Título e texto em português e inglês.

ISBN: 978-85-7160-408-7

1. Poesia brasileira. I. Moreira, Antônio Sérgio. II. White, Steven. III. Book of voices.

CDD B869.14
CDU 82-1(81)

Mazza Edições Ltda.
Rua Bragança, 101 – Pompéia
30280-410 Belo Horizonte - MG Brasil
0055 (31) 3481-0591 • edmazza@uai.com.br

quando elegbara engoliu e restituiu tudo, mostrou que é a boca que organiza o mundo, através da fala. when elegbara swallowed and restituted all things, he showed how it is the mouth that organizes the world by means of the ability to speak. é a palavra proferida que recria o mundo, percebido e devolvido com significado próprio. it is the proffered word that recreates the world, perceived and returned with its own meaning. impresso no brasil. printed in brazil. primavera spring 2008.